AF399823

GUÍA DE LECTURA

Escrita por Youri Panneel
Traducida por Laura Soler Pinson

Harry Potter y la piedra filosofal

de J. K. Rowling

Entiende fácilmente la literatura con

ResumenExpress.com

www.resumenexpress.com

J. K. ROWLING

NOVELISTA INGLESA

- **Nacida en 1965 en Yate (Inglaterra)**
- **Algunas de sus obras:**
  - *Harry Potter y las reliquias de la muerte* (2007), último tomo de la saga
  - *Una vacante imprevista* (2012), novela
  - *El canto del cuco* (2013), novela escrita bajo el pseudónimo de Robert Galbraith

Joanne Rowling es una novelista británica. Esta antigua profesora de francés es una de las escritoras más conocidas a nivel mundial gracias a su famosa serie de libros que relatan las aventuras de Harry Potter.

En la actualidad a la cabeza de una inmensa fortuna, participa en actividades humanitarias, en especial en la defensa de los niños maltratados. Ha escrito algunos otros libros relacionados con el universo de Harry Potter, cuyos beneficios se han destinado a obras benéficas. Además de los trabajos que tienen que ver con su emblemática serie, es la autora de otras novelas, como *Una vacante imprevista*, publicada en 2012.

HARRY POTTER Y LA PIEDRA FILOSOFAL

EL PRIMER TOMO DE UNA SERIE DE SUPERVENTAS

- **Género:** novela de literatura fantástica
- **Edición de referencia:** Rowling, J. K. 1999. *Harry Potter y la piedra filosofal*. Traducido por Alicia Dellepiane. Barcelona: Emecé Editores España. E-book en PDF
- **Primera edición:** 1997
- **Temáticas:** magia, aprendizaje, amistad, valentía, piedra filosofal

En 1997, en Gran Bretaña, se publica por primera vez *Harry Potter y la piedra filosofal* en un número muy reducido de ejemplares, tras haber recibido múltiples negativas por parte de editores. Se trata de la primera novela que escribe J. K. Rowling y, aunque en un principio estaba destinada a un público infantil, en seguida cautiva a los adolescentes e, incluso, a los propios adultos.

Este primer tomo de una serie de siete libros narra cómo Harry Potter descubre el mundo de la magia y sus aventuras para impedir que un malvado mago llamado Voldemort se apodere de la piedra filosofal.

RESUMEN

LA CONVOCATORIA PARA LA ESCUELA DE MAGOS

El profesor Dumbledore deposita ante la puerta de los Dursley a Harry Potter, un niño de un año. Sus padres acaban de ser asesinados y ellos son la única familia que le queda. También descubrimos que el niño tiene en la frente una cicatriz en forma de relámpago.

Harry vive desde hace diez años con su nueva familia, en la que es el cabeza de turco. Para el cumpleaños de su primo, todos van al zoo. Allí, Harry hace desaparecer de forma accidental el vidrio de un terrario y libera a la serpiente que contenía, pero no entiende qué ha ocurrido.

Poco después, llegan cartas para él a casa de los Dursley. Su tío se niega a que las lea. Pero siguen afluyendo las misivas y la familia decide huir a una isla perdida para escapar de ello.

El día que cumple 11 años, Harry recibe la visita

de Hagrid, el guardián de las llaves de Hogwarts, la escuela de magia. Le entrega su convocatoria y le informa de que es un mago. También le cuenta que Voldemort, un malvado mago, mató a sus padres e intentó hacer lo mismo con él. Sin embargo, contra todo pronóstico, es Voldemort quien acaba destruido, aunque no muere, mientras que Harry solo guarda como recuerdo del enfrentamiento una simple cicatriz.

En el mundo paralelo de los magos, Harry acude al banco Gringotts con Hagrid para recoger un paquete que el profesor Dumbledore, el director de la escuela, le ha pedido que traiga, mientras Harry compra su material escolar.

DESCUBRIENDO HOGWARTS

En el tren que lo lleva a Hogwarts, Harry conoce a otros alumnos de la escuela y entabla amistad con Ron Weasley. Por el contrario, rechaza la que le propone Draco Malfoy.

En Hogwarts, el Sombrero Seleccionador reparte a los nuevos alumnos según sus cualidades entre las cuatro casas de la escuela: Gryffindor, Hufflepuff, Ravenclaw y Slytherin. Harry se niega a ser enviado a Slytherin, la casa de donde ha salido la mayor parte de los magos que han acabado mal. Al final, el Sombrero Seleccionador lo manda a Gryffindor, casa famosa por el coraje y la valentía de sus habitantes. Se trata de una decisión sensata, ya que Harry demostrará mucha audacia durante sus aventuras.

A continuación, Harry descubre a sus profesores. El profesor de pociones, Severus Snape, en seguida se muestra hostil hacia él, sin motivo aparente.

Con el paso de los días, Harry aprende a volar en escoba, algo que le permite ingresar en el equipo de *quidditch* de Gryffindor, un deporte muy famoso en el mundo de los magos.

Tras una pelea, Draco le propone un duelo a medianoche, pero en realidad le tiende una trampa con el objetivo de que reciba un castigo. Cuando Harry está intentado escapar del conserje, descubre un perro con tres cabezas que está haciendo guardia. ¿Pero qué está custodiando?

LA PIEDRA FILOSOFAL

Durante la velada en la que se celebra Halloween, el profesor Quirrell anuncia que ha entrado un trol en la escuela. Harry ve cómo el profesor Snape se dirige hacia la habitación donde se encuentra el perro de tres cabezas. El trol amenaza a una joven, Hermione, que se ha refugiado en el baño, pero Harry y Ron logran controlarlo. A partir de ese momento, Hermione, Harry y Ron se convierten en amigos.

Harry descubre que Snape está herido, por lo que cree que el profesor ha intentado apoderarse de lo que el perro custodia.

Durante un partido de *quidditch*, Hermione y Ron sospechan que Snape le lanza un hechizo a Harry para que salga despedido de su escoba. Los tres chicos confían sus sospechas a Hagrid. Este se niega a creerlos y se le escapa una pista acerca de lo que vigila el perro: estaría relacionado con un tal Nicolás Flamel. Los tres amigos intentan saber en vano quién es ese hombre, hasta que Harry descubre su identidad al comerse una golosina: Nicolás Flamel no sería otro que un alquimista que fabricó la piedra filosofal. Esta tiene el poder de transformar en oro todos los metales y de producir el Elixir de la Vida, que da la inmortalidad.

Por Navidades, Harry recibe una capa invisible que había pertenecido a su padre, y la utiliza para llevar a cabo investigaciones en la zona prohibida de la biblioteca. Cuando intenta escapar del conserje, descubre el espejo de Oesed, un objeto que muestra los deseos más profundos de aquel que lo mira.

Harry sorprende una conversación entre Snape y Quirrell: Snape, agresivo, le pregunta al otro profesor si sabe cómo pasar por delante del perro, algo que parece reforzar la hipótesis de los tres amigos.

Hagrid anuncia a Ron, a Harry y a Hermione que ha ganado un huevo de dragón jugando a las cartas. El huevo eclosiona y el dragón crece, pero Hagrid debe deshacerse de él. Entonces, se lo confía a los chicos para que lo envíen al hermano de Ron. Cuando están entregando el paquete, Harry y Hermione son sorprendidos por el conserje.

<u>NICOLÁS FLAMEL Y LA PIEDRA FILOSOFAL: ENTRE LEYENDA Y REALIDAD</u>

Esta piedra legendaria, que se supone que transforma el plomo en oro y que es el remedio de todas las enfermedades, se encuentra en el centro de las teorías sobre la alquimia. No es casual que el personaje de Nicolás Flamel esté relacionado con esto. Este hombre, que realmente existió (nacido en el siglo XIV y fallecido en el siglo XV en París), era escritor, librero y copista. Pero la leyenda le otorga el mérito de haber creado la piedra filosofal, con la que habría logrado acumular una gran fortuna.

EL-QUE-NO-DEBE-SER-NOMBRADO

Harry, Hermione, Neville y Malfoy reciben un castigo. Tienen que acompañar a Hagrid al bosque prohibido. Allí, Harry y Malfoy descubren una criatura que se bebe la sangre de los unicornios. Ataca a Harry, cuya cicatriz empieza a quemarle. Un centauro provoca la huida de la criatura e induce a Harry a pensar que, en realidad, se trataba de Voldemort. Los chicos plantean la hipótesis de que Snape quiere recuperar la piedra filosofal para entregársela a él.

Hagrid confía a los chicos que le ha contado al desconocido que le dio el dragón cómo pasar por delante del perro. Dado que Dumbledore se ha marchado a Londres, los jóvenes deducen que Snape piensa apoderarse de la piedra esa misma noche, así que deciden hacerlo antes que él. Tras superar diversas pruebas, Harry llega solo a la habitación donde se encuentra la piedra.

Allí, descubre que es Quirrell quien intenta robarla, y no Snape. Quirrell intenta encontrarla gracias al espejo del Oesed, pero no logra resolver el enigma. Es Harry quien logra hacerse con la piedra, porque no desea usarla para volverse inmortal. Entonces, se enfrenta a Quirrell, que lleva a Voldemort en su interior.

A continuación, Harry se despierta en la enfermería. Dumbledore anuncia que ha vencido a Quirrell y, por consiguiente, a Voldemort.

ESTUDIO DE LOS PERSONAJES

HARRY POTTER

Harry es huérfano. Es un chico con el pelo negro siempre despeinado. Es el vivo retrato de su padre, con los ojos de su madre. Lleva gafas y tiene en la frente una cicatriz en forma de relámpago. Ya desde el primer capítulo, sabemos que la cicatriz es la consecuencia de un maleficio que Voldemort lanza durante un altercado que cuesta la vida a los padres de Harry.

Es un chico valiente, íntegro y humilde; no se le sube a la cabeza su fama en el mundo de los magos. Es básicamente un mago común; sin embargo, no se puede negar que se trata de un héroe. No es el primero de la clase, pero tampoco el último. Solo destaca de los demás por dos elementos: su talento para el *quidditch* y su cicatriz. Pero ninguna de las dos cosas lo convierten en un héroe: su cicatriz lo perjudica, ya que llama la atención de todo el mundo, mientras que sus aptitudes para el *quidditch* apenas le sirven de algo en su búsqueda de la piedra filosofal. De hecho, Quirrell, que se le adelanta en las últimas pruebas, se desenvolverá igual de bien que Harry a la hora de atrapar la llave de plata.

Lo que convierte a Harry en un héroe son los caminos que elige. Si bien el hecho de haber sobrevivido a Voldemort cuando tan solo era un niño le otorga una cierta fama, lo cierto es que son las decisiones que toma lo que lo convierten en un ser excepcional. Es él quien decide qué dirección darle a su vida: escoge ir a Gryffindor en vez de a Slytherin; rechaza la amistad de Draco Malfoy; elige ir en busca de la piedra filosofal y se niega a unirse a Voldemort. De esta manera, Harry demostrará mucha valentía y audacia durante sus aventuras y se convertirá en un auténtico héroe.

HERMIONE GRANGER Y RONALD WEASLEY

Hermione Granger es hija de dos *muggles* y tiene el pelo enmarañado y unos incisivos muy largos. Es el ejemplo perfecto de alumno intelectual: siempre lee de antemano todos los libros que sirven de base para las clases a las que acude y se apresura a responder a las preguntas de los profesores. Aunque es inteligente, también debe su rendimiento a su trabajo incansable. Corrige los fallos y no duda en defender a los más débiles y en decir lo que piensa.

Ronald Weasley, que es apodado Ron y proviene de una familia de magos, es un pelirrojo con pecas. Tiene cinco hermanos y una hermana, y todos se parecen a él. Es un alumno regular, aunque conoce todo del mundo de los magos, ya que ha estado sumergido en él desde su más tierna infancia. Es discreto y sencillo, pero también le gusta la buena vida.

Al principio del libro, Harry, Ron y Hermione no son amigos. Son compañeros de clase, se conocen, pero no parece que sean afines. Al contrario, Hermione sufre porque tiene un carácter fuerte; a Harry y a Ron no les gusta su lado intelectual («[...] ¡Mirad, Hermione Granger lo ha conseguido! Al finalizar la clase, Ron estaba de muy mal humor», Rowling 1999, 119), ni su tendencia a reprenderlos.

Su amistad solo empieza después de que

Hermione escape al trol. Esta amistad reviste una gran importancia durante todo el primer tomo y representa uno de los valores básicos que defiende el libro e, incluso, la serie entera. Es incondicional e implica la solidaridad dentro del trío: Hermione ayuda a Ron y a Harry a hacer sus deberes, y Ron y Hermione acompañan a Harry en las pruebas que aparecen entre él y la piedra filosofal, poniendo en peligro su propia vida. Por lo tanto, hay una evolución importante en la relación entre estos personajes.

NEVILLE LONGBOTTOM

Neville es un alumno extremadamente miedoso que el trio de protagonistas conoce en el expreso de Hogwarts cuando está buscando a su sapo Trevor. No es un asiduo de las clases y, al principio, no muestra ninguna de las cualidades caballerescas que caracterizan a su casa, Gryffindor.

Su cobardía y su debilidad lo convierten en un individuo discreto, pero, a medida que va avanzando el relato, gana en seguridad. En especial, participa en la correría nocturna de los protagonistas para confiar el dragón Norberto a Charlie, el hermano de Ron, y en el castigo posterior en el bosque. Su principal acción inesperada es la resistencia que muestra ante Harry, Ron y Hermione cuando estos quieren ir a rescatar la piedra filosofal. Sin embargo, Hermione lo paraliza con un hechizo, por lo que no logra detenerlos. Este acto de valentía le permite aportar a Gryffindor los diez puntos necesarios para ganar la copa de la casa, lo que lo convierte en un héroe a ojos de sus compañeros.

HAGRID

Enorme es el adjetivo calificativo que mejor se adapta a Rubeus Hagrid. Este personaje, que es muy alto, muy ancho, desgreñado, a veces huraño y, ocasionalmente, indiscreto, fue expulsado de la comunidad de magos durante su tercer año en Hogwarts, tras haber sido acusado erróneamente de haber metido una criatura mortal en la escuela (episodio del que se habla en el segundo tomo de la saga). Muestra un gran interés por las criaturas mágicas peligrosas.

Como guardián de las llaves de Hogwarts, abre simbólicamente las puertas de la escuela. Él es quien introduce a Harry en el mundo de la magia cuando lleva al joven ante el profesor

Dumbledore. También es él quien anuncia al joven que es un mago y quien lo guía en sus primeros pasos en Hogwarts. Para acabar, es Hagrid quien marca el inicio de la búsqueda de Harry al sacar la piedra filosofal del cofre de Gringotts y al revelar a Quirrell el secreto del perro de tres cabezas.

ALBUS DUMBLEDORE

Albus Dumbledore, personaje carismático, aparece como un mago excepcional. Es viejo, lleva gafas en forma de media luna y es el director de la escuela de Hogwarts. Dumbledore, considerado un poco loco («Siempre dije que era un chiflado, dijo Ron», Rowling 1999, 210), parece omnisciente: a él le pregunta Minerva McGonagall, la directora de Gryffindor, para conocer el destino trágico de los padres de Harry, y también acude a él Harry, al final de la aventura, para preguntarle acerca de lo que ha ocurrido durante el enfrentamiento con Quirrell/Voldemort y acerca de los motivos de su victoria. Para acabar, es un gran conocedor del alma humana: cuando Harry desafía a Quirrell/Voldemort frente al espejo del Oesed, Dumbledore había previsto que el chico descubriría la piedra, no para usarla, sino simplemente para encontrarla. Además, es un hombre orgulloso («Mi mente me sorprende hasta a mí mismo», Rowling 1999, 209).

En el primer tomo, parece que Dumbledore tiene relativamente poca importancia: orienta la vida de Harry de lejos y dirige sus actos a distancia, aunque siempre le deja elegir («[...] dijo Harry [...] Es casi como si él pensara que yo tenía derecho a enfrentarme a Voldemort, si podía...», Rowling 1999, 210). Sin embargo, Dumbledore es un personaje central: al dejar elegir a Harry, es él quien lo convierte en un héroe.

QUIRRELL/VOLDEMORT

Quirrell es el profesor de defensa contra las artes oscuras. No obstante, no tiene ni la madera, ni el carisma para ello: tartamudea y no domina la asignatura que tiene que enseñar... o al menos ese es el personaje que se construye para escapar a la vigilancia de Harry. En efecto, es un impostor. También es ladino, ya que intenta asesinar a Harry durante un partido de *quidditch*. En realidad, se ha dejado poseer por Voldemort, con quien comparte su cuerpo.

Por su parte, Voldemort es un mago malvado a quien todo el mundo teme. Es el asesino de los padres de Harry. Apenas aparece en el primer tomo de la serie, aunque es nombrado en multitud de ocasiones. Se nos ofrecen fragmentos de su descripción y la razón es que no es capaz de tener un cuerpo. Solo se describe brevemente su cabeza. De la misma forma que su nombre no debe pronunciarse, esta ausencia de cuerpo y de descripción hace que el personaje sea todavía más aterrador.

Voldemort encarna el mal absoluto y Quirrell es su fiel servidor. No retroceden ni ante el asesinato, ni ante el sacrilegio. Quirrell mata a varios unicornios y se bebe su sangre para ayudar a que su amo sobreviva. Ambos quieren desafiar a la muerte adueñándose de la piedra filosofal.

SEVERUS SNAPE

Snape, profesor de pociones, es un hombre antipático hasta en su nombre, que lo designa como severo. Tiene el pelo negro y grasiento, la nariz aguileña y la piel cérea. Odia a Harry. Según Dumbledore, esto estaría relacionado con el hecho de que el padre de Harry lo salvó una vez, cuando ambos estaban juntos en el colegio. Snape aprovecha cualquier ocasión para humillar a su alumno. Sin embargo, al final del libro descubrimos que en realidad es él quien evita que Harry sufra una caída fatal durante el primer partido de *quidditch*.

Snape, que para Harry, Ron y Hermione es el culpable perfecto, crea confusión e impide que Quirrell culmine con éxito su proyecto. Es un personaje extremadamente ambiguo, una característica que mantendrá hasta el final de la saga.

CLAVES DE LECTURA

ESQUEMAS ACTANCIALES

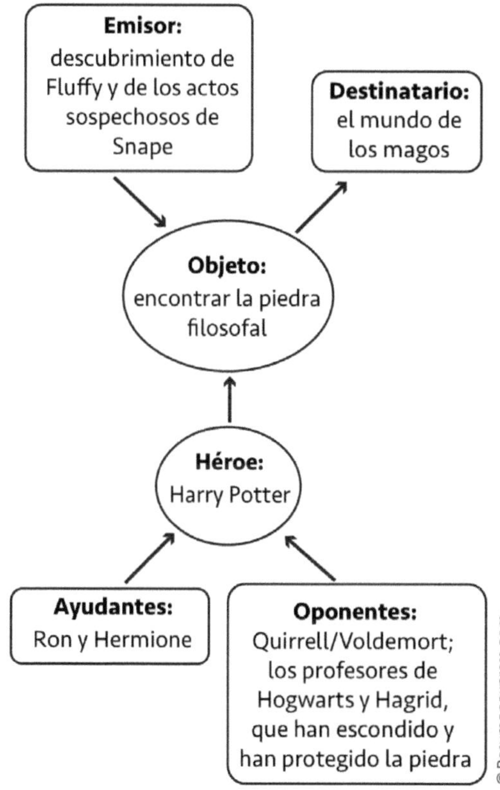

ESQUEMA NARRATIVO

Situación inicial: tal y como su nombre indica, conforma el principio de la historia. Introduce al o a los personajes principales y presenta los elementos básicos de la historia. También se corresponde con una fase estable: describe una situación que contiene una cierta rutina.

• En *Harry Potter y la piedra filosofal*, transcurre en los dos primeros capítulos. El primero presenta a Harry y al profesor Dumbledore, y también el mundo de los magos. Por su parte, el segundo sucede diez años después del primero y describe hechos que son habituales: por ejemplo, las humillaciones que sufre Harry.

Elemento perturbador: es lo que viene a romper la rutina de la etapa anterior. Es el verdadero detonante de la historia, sin el que no sucedería nada.

• Se trata de la llegada a casa de los Dursley de la primera carta de Hogwarts para Harry.

Peripecias: son los distintos acontecimientos que tienen lugar durante la historia. Todos derivan del elemento perturbador y provocan la o las acciones que lleva a cabo el protagonista para resolver el problema.

• Harry se entera de que es mago y que Voldemort quiere matarlo; acude a la escuela; se familiariza con el mundo de los magos; descubre a Fluffy, el perro de tres cabezas, y averigua que este animal custodia la piedra filosofal; de ahí deduce que Voldemort quiere adueñarse de ella para recuperar una apariencia física; va en busca de la piedra.

Desenlace: pone un punto final a las peripecias antes de una nueva fase de estabilización de la historia.

- Harry se enfrenta a Voldemort y vence.

Situación final: se trata del resultado del final de la historia. Ya no hay una nueva peripecia. La historia vuelve a ser estable. A veces, esta fase puede ser muy corta en un libro; por lo general, el autor no suele extenderse, ya que no queda mucho por decir y el lector puede imaginárselo fácilmente.

- Esta fase no empieza hasta el final del último capítulo, cuando Harry se despierta en la enfermería: ha vencido a Voldemort y la piedra filosofal ha sido destruida. Empiezan las vacaciones.

EL GÉNERO FANTÁSTICO

Harry Potter y la piedra filosofal pertenece al género de la literatura fantástica.

Este género literario es relativamente nuevo. Las primeras obras que se enmarcan en esta categoría datan de finales del siglo XIX. Por esa razón, todavía está mal delimitado y es bastante variado; contiene muchos subgéneros y se define en contraposición con otros. Una de las novelas emblemáticas de la literatura fantástica es *El señor de los anillos*, de J. R. R. Tolkien (escritor inglés, 1892-1973).

La literatura fantástica se caracteriza por:

- un universo con una esencia distinta a la del mundo real, que el autor inventa desde principio a fin y que a veces está relacionado con el nuestro. Así, en *Harry Potter y la piedra filosofal*, el protagonista tiene que entrar en el mundo de los magos a través del Caldero Chorreante. Además, se trata de un universo que tiene reglas propias, distintas a las del mundo real;
- la presencia de una especie de magia. Algunos

personajes cuentan con poderes que, si bien no son mágicos, al menos son especiales. En la novela, la mayoría de los personajes tienen poderes mágicos más o menos importantes;

- la coexistencia de distintas razas (elfos, orcos, enanos, etc.) y/o de criaturas mitológicas (dragones, quimeras, centauros, etc.). En *Harry Potter y la piedra filosofal*, nos encontramos a magos, a humanos, un dragón o, incluso, centauros;
- la referencia recurrente a una base mitológica importante. La literatura fantástica se nutre de la mitología grecorromana, germánica, nórdica y oriental, pero también de la tradición popular e, incluso, folclórica. Por ejemplo, en el primer libro de la saga, J. K. Rowling toma prestada de la tradición popular la figura del mago y de Nicolás Flamel, y de la mitología grecorromana, a Cerbero (con la apariencia de Fluffy) y a los centauros.

En algunos aspectos, la literatura fantástica se parece a otros géneros literarios. No obstante, se distingue de ellos por la ausencia de algunas características:

- la literatura fantástica se desmarca del cuento

de hadas por una ausencia de estructura sistemática y de tradición oral. Además, no tiene por qué encerrar una moraleja o esta no se sitúa en el centro del relato, como ocurre en el cuento de hadas;

- la literatura fantástica también se diferencia de la fantasía por el hecho de que los elementos sobrenaturales que aparecen en el relato no provocan que los distintos protagonistas y el lector se pregunten acerca de su existencia.

Como conclusión, podría decirse que la literatura fantástica cuenta con unas características propias, pero que se sitúa en el cruce entre lo fantástico y lo maravilloso.

LAS TEMÁTICAS DE LA NOVELA

El tema más destacable de la novela es el de la magia, que resulta inevitable en una obra de literatura fantástica: «El papel que desempeña la magia en esta última [la literatura fantástica] equivale al que desempeña la ciencia en la ciencia ficción»[1] (Baudou 2009, 10). En la obra que nos ocupa, se hace pasar hábilmente como

---

1. Cita traducida por ResumenExpress.com

brujería (la brujería remite a una especie de magia negra, a menudo de forma peyorativa, que aparece en diversos aspectos en la novela) y transforma a los personajes en magos dotados de varitas mágicas para lanzar sus hechizos. Para reforzar este tema, la escritora inventa una serie de hechizos (*Wingardium leviosa* para hacer levitar objetos o personas, *Petrificus totalus* para paralizar a Neville en los últimos capítulos, etc.) y utiliza códigos que ya existen como las escobas voladoras y la presencia de criaturas mitológicas junto a otros seres muy reales. Esta temática da al conjunto una dimensión existencial, ya que es el vector de todo lo imaginario que tanto ha fascinado a los lectores de la saga. Permite una evasión tan grande de la realidad que provoca que las aventuras de los protagonistas sean todavía más palpitantes.

La novela también reviste una importante dimensión de aprendizaje que se desarrolla en dos planos: las clases a las que asisten los jóvenes en Hogwarts y el aprendizaje general del mundo de los magos y de sus peligros. Harry y sus compañeros acuden a varias clases, como cualquier alumno, pero estas asignaturas están completamente dedicadas a la magia. En paralelo, también aprenden elementos sobre la magia negra y sobre las criaturas o los objetos mágicos que resultan ser esenciales durante su aventura. Evidentemente, es un factor identificativo fundamental, ya que, con esta temática educativa, muchos jóvenes lectores han podido imaginarse ellos mismos recorriendo los pasillos de Hogwarts.

Los valores que representan a la casa Gryffindor están entre las temáticas emblemáticas de la novela y de toda la saga. Los alumnos que pertenecen a esta casa demuestran tarde o temprano un fuerte sentido de la amistad, de valentía, de audacia y de solidaridad, algo que les permite enfrentarse a todas las dificultades. Por el contrario, los que no las tienen acaban por pagar el precio: Draco Malfoy ve cómo fracasan sus malas jugadas; Voldemort vuelve a ser desposeído de un cuerpo; Quirrell no puede apoderarse de la piedra y muere. Por su parte, Harry entabla amistades cuyo momento álgido llega cuando atraviesan las distintas estancias al final del libro: la intervención de cada uno de sus amigos (incluso la de Neville) resulta decisiva.

UN ÉXITO MUNDIAL

Hoy en día, el éxito que ha alcanzado la saga de Harry Potter es indiscutible. Sin embargo, no siempre fue así: J. K. Rowling tuvo que encajar muchas negativas de editores que no veían cualidades en su texto. Aun así, insistió hasta que, en 1997, encontró una editorial que aceptó publicar una tirada limitada de ejemplares de su texto gracias a que, al parecer, a la joven hija del editor le había gustado la historia.

Con el boca a boca, la novela alcanza el éxito rápidamente y es galardonada con algunos premios. Entonces, la editorial Salamandra lo traduce al español al ver en ella un futuro superventas. En la actualidad, se ha convertido en uno de los mayores éxitos en librería, ya que se han vendido varios cientos de millones de ejemplares de la saga.

Las razones que explican este entusiasmo son variadas:

- se trata de una novela de aprendizaje. El joven y sus amigos crecen, evolucionan y aprenden a dominar la magia a lo largo de los tomos. De

la misma manera, los primeros lectores que a menudo descubrían la serie cuando tenían la misma edad que los protagonistas han envejecido a la vez que ellos, lo que, sin duda, ha influido en el fenómeno de identificación que ha contribuido en el éxito de la saga;
- las temáticas que se presentan en las novelas son muy atractivas. La magia permite a la vez soñar y poner a los protagonistas en situaciones excepcionales. Además, los temas tratados están estrechamente relacionados con la vida y las preocupaciones de los jóvenes lectores;
- obviamente, las películas contribuyeron a este éxito y permitieron encarnar a los distintos personajes y ofrecer a los lectores una visión del mundo mágico. Así pues, se creó una auténtica comunidad en internet que permitió que los fans se vieran en un lugar privilegiado.

El fenómeno no se ha limitado solo a la juventud: muchos adultos también han caído rendidos ante las novelas.

UN VOCABULARIO VISUAL

La creación de un mundo vecino al nuestro en el que la magia existe llevó a la autora a concebir un vocabulario particular. Era necesaria la construcción de nuevas palabras, ya que J. K. Rowling tenía que describir conceptos inexistentes: ingredientes mágicos que entran en la composición de las recetas, objetos imaginarios, etc. Para ello, inventó un vocabulario que contiene muchos juegos de palabras o anagramas (figura estilística que consiste en mezclar las letras dentro de una palabra) para que el lector pueda adivinar, entre otras cosas, su significado o su utilidad con tan solo leer el nuevo término. Esto es lo que ocurre, por ejemplo, con la «carta vociferadora», que es un envío mágico que transmite mensajes de ira, el «desmemorizador», que permite eliminar la memoria, etc.

Lo mismo sucede con muchos nombres de personajes, que dan pistas acerca del carácter y de la personalidad de quien los lleva, como por ejemplo Severus Snape o Draco Malfoy (cuyo apellido significa «mala fe»).

Por todas estas razones, la elección del traductor resultaba crucial para no perder la riqueza del estilo de J. K. Rowling. Así, en el caso de la traducción al francés, Jean-François Ménard (escritor francés y traductor especializado en novelas juveniles) tuvo la ardua tarea de encontrar equivalentes franceses para los múltiples términos imaginarios en inglés. En español, la tarea de sumergirse en el mundo de Harry Potter recayó en Alicia Dellepiane para este primer tomo de la serie.

UNA ADAPTACIÓN PARA EL RECUERDO

Desde el principio de los años 2000, se inicia el proyecto de una adaptación cinematográfica. Aunque se hablaba de Steven Spielberg (director estadounidense, nacido en 1946) para dirigir la película, al final fue Chris Columbus (director estadounidense, nacido en 1958) el elegido.

Cuando se lanzó la producción, ya habían salido a la venta los tres primeros volúmenes de la serie, que seguía gozando de un gran apoyo. Así, Chris Columbus decidió apostar por el respeto de la obra original para que el público se ubicara. No obstante, vista la riqueza del contenido original y dado el cambio de formato, algunos contenidos cambiaron o, incluso, se suprimieron. Presentamos a continuación varios de los ejemplos más notables:

- el duende Peeves, que se aparece en los pasillos de la escuela desde la Edad Media, no se deja ver en ningún momento en las películas. Aunque Rik Mayall (actor británico, 1958-2014) había grabado algunas escenas para la primera película, se eliminan en el montaje;
- Neville no acompaña a sus compañeros durante su correría nocturna y, por lo tanto, no recibe un castigo en el bosque, aunque sí se mantiene su acto de valentía final para justificar sus diez puntos a favor de Gryffindor;
- la parte de la película dedicada al dragón Norberto sufrió grandes cambios. Charlie no interviene en la historia, la eclosión se produce la noche del traslado, Ron no recibe ningún mordisco y Neville no está presente;
- no existe la prueba de las pociones, ya que Hermione se queda con Ron en la sala del ajedrez y Harry va a encontrarse directamente con Quirrell/Voldermort.

Por encima de las eliminaciones y las modificaciones, se mantiene un deseo: el de dar a la película una dimensión mágica y familiar —equiparable con la del libro en que se inspira— que refleje a

la perfección los valores que J. K. Rowling quería
destacar en su novela.

PISTAS PARA LA REFLEXIÓN

ALGUNAS PREGUNTAS PARA PROFUNDIZAR EN SU REFLEXIÓN...

- ¿Cuáles cree que son las razones del éxito de la saga *Harry Potter?*
- ¿A qué genero pertenece *Harry Potter y la piedra filosofal?* ¿Qué elementos le llevan a esa afirmación?
- Al igual que Harry, parece que, al principio, Dumbledore es un personaje menor. Pero, ¿qué elementos pueden llevar a imaginar lo contrario?
- Al principio del libro, nada parece indicar que Harry tenga madera de héroe. ¿Qué elementos le otorgan este halo a lo largo de la trama?
- El trío Harry/Ron/Hermione tarda en formarse, pero resulta ser muy importante en cuanto a los valores que defiende la novela. ¿Cuáles son las razones?
- ¿Por qué Harry logra obtener la piedra a través del espejo del Oesed, al contrario que Quirrell/

Voldemort? ¿Qué importancia tiene esto con respecto al espejo?

- ¿En qué sentido podemos afirmar ya con este primer volumen que el personaje de Severus Snape es ambiguo?
- J. K. Rowling también se ha inspirado en el mundo real para crear el mundo de los magos. ¿Qué elementos lo demuestran?

¡Su opinión nos interesa!
¡Deje un comentario en la página web de su librería en línea,
y comparta sus favoritos en las redes sociales!

PARA IR MÁS ALLÁ

EDICIÓN DE REFERENCIA

- Rowling, J. K. 1999. *Harry Potter y la piedra filosofal*. Traducido por Alicia Dellepiane. Barcelona: Emecé Editores España. E-book en PDF.

ESTUDIOS DE REFERENCIA

- Baudou, Jacques. 2009. *L'encyclopédie de la fantasy*. París: Fetjaine.

- Encyclopédie Harry Potter, "*Harry Potter à l'école des sorciers*: Changements par rapport au livre". Consultado el 8 de noviembre de 2017. http://www.encyclopedie-hp.org/aide-a-propos/films/hpes/changements-par-rapport-au-livre/

- Jankélévitch, Sophie. s.f. "Pierre philosophale". *Universalis*. Consultado el 8 de noviembre de 2017. https://www.universalis.fr/encyclopedie/pierre-philosophale/

- Mesqui, Pierre-Emmanuel. 2015. "Steven Spielberg aurait pu réaliser un Harry Potter". *Le Figaro*. 15 de enero. Consultado el 8 de noviembre de 2017. http://www.lefigaro.fr/cinema/2015/01/15/03002-20150115ARTFIG00389-ste-

ven-spielberg-aurait-pu-realiser-un-harry-potter.
php

- Potterveille, "Harry Potter Facts n.º 7: Le casting de Daniel Radcliffe", 2015. Consultado el 8 de noviembre de 2017. https://www.potterveille.com/2015/11/29/harry-potter-facts-n-7-le-casting-de-daniel-radcliffe/

ADAPTACIÓN

- *Harry Potter y la piedra filosofal*. Dirigida por Chris Columbus, con Daniel Radcliffe, Rupert Grint y Emma Watson. Estados Unidos / Gran Bretaña: Warner Bros, 2001.

EN RESUMENEXPRESS.COM

- Guía de lectura de *Harry Potter y la cámara secreta* de J. K. Rowling.

- Guía de lectura de *Harry Potter y el cáliz de fuego* de J. K. Rowling.

- Guía de lectura de *Harry Potter y el prisionero de Azkaban* de J. K. Rowling.

ResumenExpress.com
GUÍA DE LECTURA
Muchas más guías
para descubrir tu pasión
por la literatura
Cien años
de soledad
de Gabriel García Márquez
El código
Da Vinci
de Dan Brown
El extranjero
de Albert Camus
El viejo
y el mar
de Ernest Hemingway
Los pilares
de la Tierra
de Ken Follett
Macbeth
de William Shakespeare
www.resumenexpress.com